名流詩叢
25

遠至西方——馬其頓當代詩選

Far Away To The West

Anthology of Contemporary Macedonian poetry

明天將是新的日子，
誰知明天會帶來什麼，
寫出什麼命運。
不久前在三月所描述，
是最亮的星辰。
用吻密封。

〔馬其頓〕奧莉薇雅・杜切芙絲卡 (Olivera Docevska) ◎ 編著

李魁賢 (Lee Kuei-shien) ◎ 譯

編輯前言

奧莉薇雅・杜切芙絲卡
Olivera Docevska

敬致讀者：

我想寫一些冠冕堂皇的話和強烈加密的訊息。

惟以下所述是易讀、簡單，或許天真，確是策劃者由衷之言，也是對我們生於斯的時代和詩的觀察。

我對人類所創造之任何作品，對其每一項作用，甚至對於詩歌的理解是：任何作品最偉大的老師和批評者是時間，換句話說，是時間和讀者。

因此，我的訊息將準確針對時間和讀者。

由加大拉（Gadara，譯者按：巴勒斯坦古城）的希臘詩人墨勒阿格（Meleager，譯者按：出生於加大拉，創作時期在西元前一世紀，編有《希臘詩選》，序詩中把每位詩人比喻為花卉，全體詩人構成花環），編輯第一本稱為「花環」的選集，是他從早期希臘詩人詩篇輯集的一部文學作品。此項輯集作業就形成後來所稱「詩選」的核心。

從詩選根源談起，歷史上，自我國南方鄰國基椿開始，事實上與你所作所為一樣，無論你何時編選、選誰、以及如何選擇，都會受到批評，因為事實上，批評者沒有從事過你的編選工作、沒有被選入選

集、沒有得到期望的策劃者頭銜、未獲審查制度當權者的批准，我在決定此詩選的標準時，就想到字源，在希臘語中，ανθος（anthos）意指「花」，而λεγιεν（legien）意思是「入選」。因此，希臘語ánθολογία（anthologia）就是「花的集合」之意。

　　要選擇作者，因為他們的詩是花束。選擇作者是基於他們發表的詩，在馬其頓文學景觀上，和一般公眾讀者階層，以及國際接受讀者群的需求、翻譯、在國際舞台上的存在意義、複雜性和思想人文等深層和實質經驗，在之前和之後，這些作者為詩而活，並且因為他們受到評論家、公眾、馬其頓和國際文學景觀上的承認。

　　詩選收入馬其頓著名的男女作家和詩人，包括不同世代，按年紀順序編列，跨越20到21世紀活躍且還在繼續創作中，受到國內和國際公認，都被翻譯成多種語言，從21世紀初積極創作到2016年為止的詩作，已成為文學和公共領域的特殊標誌，成為許多詩集和詩選中的代表人物。

這是新類比、新水平、新選擇、新位移的時代，克服外在於固定、外在於模式和灰色、外在於意味歷史和命名不斷重複的邊界之新陣線。

各種文學應該升等，各種文化需要發展，詩無界限，否則文學變成頹廢。

本選集是新鮮的呼吸作品，無審查、無界限的藝術，送達遠東的你，在我們的文化之間搭建橋梁，帶你《遠至西方》，也帶我們遠至東方，把馬其頓的藝術和發言，馬其頓傑出作家原有全部美的精神、心靈和生活，帶到你面前。

希望在你心中留下馬其頓詩真正文字意義上的印象。

「各種詩選都是主觀的選擇和裁決」。

在此前言結尾，我再補充一句：

「做為詩人，意味著首先要做為人。沒有人性的詩人，不算詩人。詩人只是頂尖文學派系所為的技藝。」

目次

潘德・馬諾依洛夫
Pande Manoylov

　　1948年5月2日出生於馬其頓共和國比托拉市波羅
町村（Porodin, Bitola）。詩人、說書人、評論家、
記者。在克羅埃西亞共和國首都札格雷布市（Zagreb,
Croatia）讀法學院，斯科普里（Skopje）畢業。擔任
過許多雜誌的編輯委員，1989年起為馬其頓作家協
會會員。出版22本書，包括《紅色動亂在紅色燃燒
中》（詩集，1971年）、《痛苦星座》（詩集，1977
年）、《火紅的土地》（詩集，1983年）、《親切》
（詩集，1988年）、《試圖進入零》（故事集，1996
年）、《心、原野罌粟和雪花》（兒童詩集，1997年）、
《夢中飛越埃菲爾塔》（馬其頓文和法文詩集，1998
年）、《比托拉風景上的塔利亞》（戲劇評論，2003

年）、《給尼古拉和達米安的詩篇》（兒童詩集，2003年）、《愛情與悲情》（詩集，2005年）、《愚人詩篇》（詩集，2008年）、《我愛比托拉》（詩集，2009年）、《心靈的最後鬥牛》（故事集，2014年）、《強風氣候》（詩集，2005年）、《遙遠的時間》（詩集，2016年）等。詩已被譯成多種語文：英文、法文、俄文、阿拉伯文、土耳其文、塞爾維亞文、保加利亞文、匈牙利文、羅馬尼亞文等。

生活
Life

生活
是一種戲劇表演，
戲擬……
生活
是一種舞蹈
應該
跳到結束
或是維也納華爾茲
直到日落……
生活
或者一切均未知
我們不確定
能夠通過慾望
路徑！

2016.03.15

孤單
Alone

我們該說誰呢？
諷刺的光點，
腦中的浪漫謊言
觸犯八月夜……

眼淚落入所有的河流！
血氣沿湖邊下游的
跑馬專用道前進……
神萬事不赦！

遠景消失！一吻不捨……
躺下昏睡的頭，我的愛人
和見證人，我的詩友：
為什麼我總是孤單？

烈酒、喧囂和噪音……
到處在解僱人

有生之日
不再長別離！

2015.09.01

詩人的心
Heart of a Poet

我的心
寬大
如海
由時間
和人民做成……
我的心──
是藝術品！
但，
獎品是：
詩，
詩
和
冰凍的往日
又磨損又撕裂，
可憐
老詩人！

2016.11.04

問題
Question

詩人做什麼事，
妳呢，
親愛的游特・瑪格麗特・塞涅*，
妳做什麼事？

是什麼在敦促驅動
詩人，從根分離，
在城市綻放？

把世界命名為
世界大戰，
這條悲傷的河流？

我是詩人，
我死
進入未來！

2016.01.26

潘德・馬諾依洛夫　015

*譯註：游特‧瑪格麗特‧塞涅（Ute Margaret Saine），出生於德國。獲耶魯大學法語和西班牙語博士學位後，在美國加州教語言、文學和文化，並以五種文字從事寫作和翻譯詩。

譯自英文本

比爾嘉娜・史坦柯芙絲卡
Biljana Stankovska

　　1951年出生於馬其頓共和國，畢業於斯科普里哲學院。著作《有限空間》（詩集，1983年）、《亮眼天空》（兒童詩集，1990年）、《落入陷阱的夢》（短篇小說，1993年）、《改造時機》（詩集，1995年）、《光路徑》（詩集，1996年）、《為世代承諾的故事》（兒童詩集，1999年）、《饒舌的風》（小說，2001年）、《夏日意味日出》（兒童小說，2002年）、《蜂蜜和星星》（戲劇三部曲，2006年）、《想像慾望》（小說，2008年）、《光的復興》（詩集，2009年）、《故事消失的真實故事》（兒童小說，2011年）、《如今萬事有異》（短篇小說集，2014年）、《風靜時》（小說，2015年）。

異樣的時間
A Different Time

好像你在告訴我
關於一些異樣的時間，
世界不懷好意滑落到桌子上
亂掉午餐時間的神聖。
土司麵包不再有光明的味道。
玻璃反射焚毀
城市的火光。

好像你在告訴我
關於一些異樣的時間，
何時雨已下到
合理的強大，
何時地球
不是由樂高方塊組成，
我們的雙親從來不是統治者。

夜譚
A Night Talk

跟我說，
靜靜跟我說，
像星星在耳語。
像光穿透
種籽……
夜裡
同樣移動
實體和夢想。

今夜，
我們家的門檻
是一條船
載著我們兩位生還者……
坐到我旁邊來，
告訴我
你全部的疑惑……
今天你失蹤了好幾個世紀……

若是愛
When It's Love

如果沒有愛，
裴外如何
唱出
在巴黎懷抱裡
塞納河的喜悅？
羅丹如何
振作親吻
石頭的臉龐？

她如何會遇到他？
如果沒有愛，
在他們陽台上
玉米如何
與橄欖樹在
花盆侷限內共舞？

譯自Marija Stankovska - Tzamalis英譯本

彭多麗・慕霞・紀巴
Puntorie Muça Ziba

　　1954年5月1日出生於馬其頓共和國斯特魯加
（Struga），獲阿爾巴尼亞語文學位，作品翻譯成多
種語文，包括阿爾巴尼亞文、馬其頓文、英文、羅
馬尼亞文、德文、法文，在倫敦、布魯塞爾、布加
勒斯特、大馬士革等地發表。現為馬其頓作家協會
會員。出版著作較重要者有：詩集《天鵝路徑》、
《星星冥想》（1990年）、《咕咕》、《紀遊詩》
（1995年）、《受傷的隨扈》、馬其頓文本《我的隨
扈》（2000年）、《維加》（2006年）、《天空也變
藍》（2011年）、阿爾巴尼亞文、馬其頓文和英文本
《花般眼睛》；兒童詩集《群星和流星玩耍》（1994
年）、《螢火蟲夜間跳環舞》（2007年）；十三篇獨

幕兒童劇集《巫爾坎王子歷險》（1999年）；短篇小說集《等了七年》（1974年）、《在女孩草地》、《枯山上的野草莓》（2003年）；舞台劇《結紅彩帶的姊妹》（1993年在斯科普里國家劇院演出）、《姊妹們》（1994年在阿爾巴尼亞國家劇院演出）、《白雪公主送來的聖誕》（1995年）、《聖誕老人》（1996年）；出版劇作《今夏我不結婚》（1999年）、《逃亡路徑》（2007年）、《帶手機的女士》、《文化女性的慶典》、《最後的夜魅》；小說《圖騰崩塌》（2007年）、《艾瑪賈姬》（2009年）、《我、暴力和艾瑪賈姬》第二部（2009年）、《航跡和島嶼》（2012年）；其中許多兒童詩在斯科普里的烏爾別里（Ulberi）兒童節譜曲演唱。

榮獲重要獎項有：1966年馬其頓共和國作家會議頒給最成功書本感謝狀；科索沃武契特爾恩（Vushtrri, Kosovo）1995年詩會三等獎、2008年詩會二等獎；2004年第三屆全國成功女性大會Nermin Vlora Falacki基金會感謝狀；2001年泰托沃普希金藝術家協會文學

成就獎；2001年馬其頓弗拉其人Konstantin Belimache
節首獎；2007年普里什蒂納戲劇Buzuku競賽三等獎；
全世界阿爾巴尼亞作家具樂部Drita證書感謝狀。擔任
「馬其頓客棧」示威運動協調人，2012年阿爾巴尼亞詩
人作家會議策劃人，出席「斯特魯加晚會」詩歌節。

鏡子
The Mirror

在一個月亮換到另一個月亮
　　的夜晚，
我有一面鏡子被偷了，
我氣死啦
　　心想
　　我會無法
　　看到
　　我要的唯一微笑
給自己當做禮物。

在晴朗的星期天，
他們又偷了我另一面鏡子
我擔心
會無法看到
我幸福的形象
　　就問鏡子：

鏡子呀，鏡子呀，
　世界上有任何比人
更野蠻的東西嗎？

鏡子呀，鏡子呀，
　我求你
在今天陽光下
告訴我為什麼？我沒有刻意
　考驗平心靜氣
　不保住人性
有心和靈，
手臂和腿嗎？

說謊的鏡子呀，
為什麼在你的院子裡
　我不能看到
　這個凡人世界
憤怒的陽光。

鏡子呀，鏡子呀，啊，鏡子呀，
　你根本沒有慈悲心
　去收拾士兵在戰場上的
殺戮激情，
　是誰從無頭道路回來
而誰靜止不動，
在他們需要扣扳機時
　感覺卻卡住了。

下星期一
沒有太陽和月亮
我在窮人的跳蚤市場
為自己買
　一面大鏡子；
　大到像牆壁。
　由十四個人抬著，
　勉強走到前廊，

自戀者把流血的手指
　抽離鏡子鬆了一口氣。

隨即掉落破成百萬碎片。

鏡子呀，鏡子呀，白色鏡子呀，告訴我，
　在你脫離自戀者夢想之前，
　為什麼仍然在傷心拼湊……

進來斯特魯加
Come in Struga

進來斯特魯加吧，遠道朋友，
讓我們沿湖喝咖啡，
散步到天黑，
在整個鵝卵石公園，
以夜晚冷爽微風
提振我們體內肺腑！
進來吧，遠道朋友，
讓我們藉此光彩
滿足巨大喜悅的感受
然後再離開吧，
自行帶走，
一點點德林尼湖之美……
聞聞魚和海鷗的氣味，
再回來吧，那邊
你是從那裡過來的……
不用對美妹眉目傳情……
沿著小溪，她
正在洗眼和洗臉，

用木瓶在裝水⋯⋯
那「白漿果美妹」
正在用嘴唇哼歌，
觀察藍色波浪，
在如何增大⋯⋯
水滴正積滿湖，
輕風開始
在湖面上糾纏⋯⋯
吸引斯特魯加本地人的眼光⋯⋯
直到變成全白⋯⋯
她在湖內深處重生，
成為如此美女⋯⋯
成為如此美新娘⋯⋯
她長得像一根弦，
像祝禱詩篇⋯⋯
這詩篇像挑逗女郎，
挑逗女郎虛弱，

被熱情觸摸懾服，
在晨光破曉時引起慾望，
在轉暗處走出……
請進來繆斯的城市
遠道朋友呀，然後離去
去到你所由來的地方，
當放射美麗光芒時，
拋棄善變的魅力，
把那些色情
丟到河裡深處，
別碰到你的嘴唇，
你虛弱的背部……
永遠不要忘記熱情
耙火，
因為詩的花朵，
會像秋葉褪色，
不為凝視你的眼睛，

不為花卉，
不為任何女性，
不為任何新娘而留住⋯⋯

月亮
The Moon

成為仙女，妳會成為仙女，
看妳很好玩，
妳的髮辮看起來像
湖中仙女，
有高拱眉毛，長到額上，
上唇呈桃紅色。
成為仙女，妳會成為仙女⋯⋯
妳是半夜的美麗新娘
黎明的美麗寡婦⋯⋯
成為仙女，妳會成為仙女⋯⋯
就在黑暗裡⋯⋯而
在白天是模糊影像⋯⋯
有如假銀幣，
妳的眼睛在瞄美妹，
閃爍不定
帶進愛情緊急關頭⋯⋯
老少配⋯⋯
成為仙女，妳會成為仙女⋯⋯

當妳表面發散優雅，
湖成為妳的床，
「不會游泳，就會沉沒……」
啊，被重咒累死，
啊，被瀑布烤焦，
妳對我的情人說什麼，
惹他在妳面前發誓……

譯自英文本

涅哈斯・索帕吉
Nehas Sopaj

　　1954年7月19日出生於馬其頓共和國庫馬諾沃市斯魯普暢區（Sllupchan, Kumanovo），阿爾巴尼亞詩人，以阿爾巴尼亞文寫作，斯科普里語言學院阿爾巴尼亞語文系教授。已出版詩集有《海藻》、《綠之歌》、《來自月球的問候》、《半月》、《失落時刻》、《黃花》；短篇小說集《圓頂之最》、《給李麗雅的信件》、《在阿克隆盡端》；小說《蟹路》、《失落的指環》，以及文學類其他出版物。1979年加入馬其頓作家協會，獲DPMA學位，雅典阿爾巴尼亞作家協會榮譽會員，數家全國和國際學報會員。獲重要獎項有：2007年雅典Pellegrin雜誌首獎、2014年聖柔美（"St. Jerome" - Vito, the "Bekir Musliu" Gnjilane）終生成就獎。

我的蝴蝶在植物標本室
My Butterfly in a Herbarium

　　一間植物標本室，有老鼠和阿拉丁神燈。一道窗口，在那個窗口有蝴蝶。這隻蝴蝶是真正迷宮。我死時，還在瞪著牠看，那時姬鳳梨正衝著我移動過來。我死時，要求三葉草。

　　這是無解的畫謎。這個名稱缺少所有元音和輔音。但是，三點意味著其他一切。像窗口，像阿拉丁神燈，像長篇大論，用發燙的嘴唇，或者用禁果樹的果汁，誘惑我！

　　而世界在我身邊沸騰，真實世界喧囂、嘈雜、彩色斑斕！時間和凝固空間之河暢流！但我全然不在那裡！我的眼睛在品味那神祕畫謎、那迷宮、那阿拉丁神燈。從窗口，我需要決定下一步：

　　在山頂上，我睡覺處，我用鉛筆尖，繪她的肖像，我感覺視線所至有迴響！然後，我的主觀消褪，在那些可怕的魔眼裡。震顫。異端。

　　眼睛是我的天空傾斜所在，地平線是我自以為知道絕對真理的地方。她淡黃色側影向我移過來，或者我向她移過去。沒有更重要的事：

她淡黃色微笑走向我，或者是我走向她，這樣喚醒了惡魔（我的惡魔，我的死）？

　　她微笑著，她的微笑從天空掉下真珠。然後所有雜音、色彩、世界、時間、空間，一起來到！一切開始消失：畫謎、迷宮、窗口。

　　阿拉丁的眼睛失神！在空中，蝴蝶停止飛行！宇宙停止。惡魔啟示錄從創世紀開始：她在哪裡？她在哪裡？

風和暴風雨
Wind and Storm

有一天拿花來看我
拿花來看我有一天
在我墳墓裡

風拍打穀粒
在河岸深處暴風雨
正在打雷

誰知道這日子
我忍耐了兩千年
風和暴風雨

無肺
No lungs

一隻黑手碰我
在黑暗中認出來
我因無肺被丟棄

瘋狂疾病
我喜歡的一朵花
告訴我不要去碰

你星塵
在黑暗中看見我
從來沒有出聲

她離開了我
She left me

天堂在哪裡
可在樹林後面
或空中找到嗎

打破信託的雙耳罐
打破抵押品
誰知道會發生什麼事

你辛巴達富豪
黑暗看見你
黑暗看見我

兒童死了
Children die

兒童死了
因錢包滿滿
妓女在妓院大叫

我們吃下苦根菜
黑暗的尖叫和哭聲
以及驢肉

夢想成為惡夢
因太陽之火
兒童死了

紙女孩*
The paper girl

雪遍布世界
星星凍死
風在電線上凍僵

連霜都凍霜了
紙女孩呀
妳何時想到愛情

去睡覺吧親愛的
去特洛伊木馬旁睡覺
今夜妳認為愛情是如何

*譯註：紙女孩，喻想法與人相反的女孩。

譯自Dorean Kochi英譯本

特拉吉希・柯卡羅夫
Trajce Kacarov

　　1959年9月14日出生於馬其頓共和國東部什蒂普
區（Shtip），為劇作家、詩人、兒童書作者、散文家
和專欄作家。畢業於保加利亞首都索菲亞戲劇電影藝
術學院，斯科普里聖基里爾麥托迪斯大學（Ss. Cyril
and Methodius University）馬其頓文學院碩士，在什
蒂普國家劇院擔任劇作家。自1991年起為DPM會員，
1993年創辦藝術雜誌《SUM》，並在數家報紙《Nova
Makedonija》，《Utrinski》和《Shtipski glas》寫專欄。
出版著作《在鬧鐘懷抱裡》（詩集，1986年）、《你會
跟隨喬治嗎》（詩集，1991年）、《Kus de Ru的謹慎魅
力》（詩集，1993年）、《如果不下雨》（劇作，1993
年）、《蘇林達里》（兒童劇，1995年）、《Cvrtarova

Chichitra》（短篇小說集，1996年）、《蛇旋柱》（喜劇，1996年）、《納爾奇先生的教訓時間》（詩集，1997年）、《劇場時間》（論文集，1997年）、《阿特救特拉》（兒童散文集，1997年）、《歐彌爾日記》（散文，1999年）、《永不熄燈的夜晚》（三幕劇，2001年）、《此時此刻》（戲劇論文集，1986年）、《白象》（散文集，2003年）、《席衛克移民》（詩集，2003年）、《警衛》（戲劇，2003年）、《Chalik Chamak》（劇作選集，2000年）、《父親和父親形象》（短篇小說集形式的小說，2008年）、《如果》（詩集，2011年）、《其餘萬事不重要》（兒童劇作選集，2011年）、《無聲的形狀》（詩集，2011年）、《動物敘事曲中的歐義里鬍子》（2013年）、《雙向關係：劇場與觀眾》（戲劇研究，2013年）、《塔雅詩集》（綜合30年寫作成果）等。其作品被譯成多種語文，包括英文、俄文、烏克蘭文、阿爾巴尼亞文、保加利亞文、塞爾維亞文、克羅埃西亞文、斯洛文尼亞文，劇本在遠近多家劇院演出。

榮獲多項文學獎：《父親和父親形象》得2009年
Kocho Racin獎，劇作《長椅上》和《帽子》獲「散
文大師」獎，《無聲的形狀》獲Jovan Kotevski詩獎，
《如果》獲Grigor Prlichev獎，2004年被譽為什蒂普區
政府「年度男子」，同年接受「文化使者」感謝狀，
2009年獲什蒂普區政府第8屆十一月感謝狀。

塔雅詩集摘選
From the poetry collection
"Poems for Taya"

***

塔雅呀，我記得妳的綠鞋。
那些鞋對我吹口哨
每當鎮上第一高中午餐休息時間。

塔雅呀，我記得妳的綠鞋。
那些鞋每當西部電影放映後
在「文化」電影院前面成為綠馬。

塔雅呀，我記得妳的綠鞋。
那些鞋，沿著橋梁給妳帶路
在那橋下我用陽剛之氣練拳。

塔雅呀，我記得妳的綠鞋。
每天晚上，當妳支肘、赤腳
躺在我的床上。

***

塔雅呀，怎麼回事
為什麼這麼早來？
此刻我正年輕。
此刻我正在老化。

塔雅呀，怎麼回事
為什麼這麼早來？
此刻我開始征服城市
此刻我開始失去人民。

塔雅呀，怎麼回事
為什麼這麼早來？
此刻我剛開始
學習如何寫作。
我剛開始
作廢我所寫過的。

塔雅呀，怎麼回事，
為什麼這麼早來叫醒我？
我怎麼總是刻意比
每位奧林匹克愛好者遲到

＊＊＊

塔雅呀，我知道妳在等我
我剛要完成這首歌
然後就會來找妳。

我知道，公車會準時到，
那是寂靜的夜裡。
我知道，城市正在下雨時
公車站那邊，星星逐漸失去光芒

我只要完成這首歌，就會來找妳
我知道他們是善良熱情的人，
提供妳早晨咖啡、綠茶，
溫柔擁抱離別就不再回來。

我只要完成這首歌
就會來找妳
我知道妳不是我的歌迷
因為我從來沒有寫歌
至少從未完成過

我只要結束這種遺憾的感覺，
生命充滿這些錯誤，
這項世代的執行
我就會來找妳。

***

文字不會比沉默更強有力
在場也不能支配缺席
這就是我們走在一起的緣故，
當我們相偎相依休息時，
我們應該彼此相愛、擁抱
塔雅呀，即使我們不存在也要如此

***

雨不停
風也不止。
這些都是壞時機
塔雅呀，我們同樣似乎無法停止
為我們建立一個又一個夢想
我們正在堆砌一個又一個夢想
我們正在開啟一個又一個夢想
像為好主人的樣子

***

我們說那是唯一的愛
星期天也要工作
在妳做白日夢的地方
妳似乎隨時都在夜裡睡覺
夜夜享用月亮餐盤食物

我們說那是唯一的愛
讓妳體驗只能步行
只穿破衣服
穿星形底的鞋子

我們說那是唯一的愛
是要出去才能進去
吐氣是最親的連鎖
蒲公英追隨風的韻律

我們說那是唯一的愛
現場是：
眼睛連同其房客心臟
和來自太空的郵差
塔雅呀，我們說那是唯一的愛

***

省略細節
從來沒發生過：

火車站很擠
街道用路障管制
城市投票支持戰爭
到處飛機受損

餐廳可用的只有
舊報紙和
被解僱的侍者

妳不想要任何咖啡
我也不想要父親的拉基亞果子酒
世界響起戰鬥
被我們的回憶煽動
省略細節
從來沒發生過,
除了妳和我相見
在我們要去見塔雅之時。

譯自Vesna Bozinovska英譯本

夏哈比爾‧梅美地‧德臘拉
Xhabir Memedi Deralla

　　1967年11月14日出生於泰托沃（Tetovo）。在斯科普里的聖基里爾麥托迪大學（Ss Cyril and Methodius University）讀哲學史，1988年成為報人。1994年參加美國國務院支援的公民社會管理遊學。人權運動家、作家、著作人，多媒體計畫、短片、紀錄片、慶典、藝術事件等製作人。用英文和馬其頓文寫作。公民自由中心創辦人（1999年設立），負責人權、和平、選舉、武器管制計畫。採訪、編輯、發行（1988~2000）《Mlad Borec》，《Puls》，《Studentski Zbor》，《Flaka e vëllazërimit》，《Fakti》（1988-1996）和《戰爭報導》（倫敦，1994年），學生電台（節目部主任，1995年）；著作並主持頻道4、頻道103、現場

（射頻台）、電視A1。發行／主編和著作《Zrak》
（馬其頓文另類雜誌）和《Jeta》（阿爾巴尼亞文政治
雜誌）。製作'96多媒體慶典《肯定生命‧否定武器》
（教育電視節目30集，馬其頓語，剪輯）。出版有詩
集《留童髮的男人》（1999年）、《啟示錄》（2011
年）、《故障》（2013年）、《普雷素達》（2011
年）、《誰來付帳》（2011年），另有未出版詩集、
散文集、電影劇本等多種。對其評論的文章發表於美
國、英國、荷蘭、瑞典、紐西蘭等許多國家。

失眠
Insomn

失眠那位知交……
不來，不去

分秒像重油一滴一滴
滑落到時間的牆上
無處可去
時間徹夜愈來愈長愈濃，我發現
思想也愈鑽愈艱難，強制自己

尋找屬性不會完成圖片
夜依然是空白頁，平靜，但不安寧
如此缺乏人性又悽冷，是謂孤獨
不可避免的典範

等待天空轉灰白
鐘擺解凍
港口又是另一個早晨

然而，惡夢不會離去
另一個夜晚會前來，我知道
帶我回到我的知交處
牽我的手，包好我的頭腦

繼續做夢吧
Keep on dreaming

在無盡的悲情之海中我們發現彼此
共享無知的病史
坐在井底
與青蛙和蛆蟲玩
改變
挖掘
改變

我們離開父母起跑，到成為父母
我們廝殺求生
我們互相傷害，為了找尋避難所
我們尋求的避難所，從未存在

在擁擠的街上找尋空無
變成醜陋統治的藝術家
畫框是黃金做的
圖畫被拿掉了

信件從未準時送到
符號的意義從未揭曉
樹葉一直等雨等到變黑了
像母親等待兒子回家

繼續做夢吧，孩子，繼續做夢吧
夢想是唯一重要的現實

當生命停止跳動
痛苦的記錄會在天空造成小小瘀傷
你的夢想會保留不變
繼續做夢吧，孩子，繼續做夢吧

我太愛你啦
I love you so much

你墓上的大理石今天特別白
是日正當中嗎？還是我的緣故？
或者，也許媽媽前幾天清洗過你的墓
所以還很乾淨，慘白到今
我告訴媽媽我們要來看你時
她很高興

她還好啦
你知道，自從你死後，她很痛苦
我不知道她是否應付得了
然而，沒辦法
她垮了
我也痛苦，你知道的

今天是開齋節
墓地人滿
人們默默前來，跪著讀祈禱文
就走了

我們留下來
在你的墓地待到現在有一些時間了
媽媽在細心清洗你的墓
我們每次來這裡她都是這樣
清洗每平方英寸的白石，小心翼翼
輕輕地
此刻，她暫停，敲敲石頭

在九年前
我放下你顏面的地方
媽媽淚灑白色大理石，她哭
沒有出聲
然後她擦拭滴在石頭上的淚水
清洗永遠沒完沒了，我想
她的淚水會一直滋潤你的墓
她站起來，俯身在你的墓碑上，親吻
再擦拭
再哭

我無言，跪在另一側
我通常位置在你左邊，朝北
我抽菸
這是我同你常抽的菸
每星期傷心的紙菸
我感覺到，在你臉上吞雲吐霧時
血滴入我的胸腔

媽媽停止清洗，坐在另一側
淚水流不停
她動唇
祈禱
我沒禱告一句

只有巨大空虛和痛苦
也，生氣

就像表示你離去的平直線訊號
不變
無止境
心電圖上平躺線無終止
痛苦恆常連續著
一方面，嚴寒至終
另方面，不可言喻的存在和傷害

我發送這些話給你，兄弟呀
如果你以任何形式或維度存在
如果另一個你
在平行宇宙的某處
活著嘲弄存在
如果你闖到這個信號或頻率
請你瞭解，我愛你
我太愛你啦

譯自作者英文本《故障》

伊蓮娜・帕芙洛娃・德・奧多麗珂
Irena Pavlova De Odoriko

　　1967年11月19日出生，傑出作家、文學評論家、跑文化部門記者，比較文學研究所畢業。參加過著名國際詩歌節「威尼斯雙年展」。著有《黑色魔王》（詩集，1999年）、《新夏娃》（詩集）、《新人》（詩集）、《深乳溝》（散文集）、《房客》（散文集）、《貞女》（詩集）。曾進入「羅馬—蒂沃利—歐洲」詩獎歐洲最後十位名單內，獲多項國內和國際詩獎。參與馬其頓科學藝術學院百科全書計畫。馬其頓作家協會會員。作品被選入馬其頓和外國語文的多種詩選集。

契約
The Contract

我們平靜坐在
　　松樹蔭影下
　　周遭一切像是完美
　　和平。

　　只有呼吸……
只有嘆息……飛來飛去
　　像蝴蝶

我的朋友正以
　　孩子的眼光好奇地
望著我。

　　「幾天前我看到
　　一位女人
　　臉……在路上
　　破碎了。
她的臉

轉向太陽」
——我說。

「然後我呼叫
所有祖先
　　來見證和連署
緊急案件」。

「與死亡的契約」，
我的朋友回應，無聲
　　笑著。
他的眼睛深深
像一個海洋黑珍珠……
神接著開始笑了。

如何成為男子漢
How to be a MAN

他不知道如何作
但知道，必須
作為詩人。

他不知道為什麼
　但他迫切需要
　人群和歡呼。

他不知道何時
　但他知道
　他終會
　不朽。

他知道死亡即將
　從無處前來。

所以他急忙
要成為男子漢。

關於生死的童話故事
Fairytales about Life and Death

生命呀，你為何活著？
——死亡問。

為了能夠看你更清楚。
——生命回答。

「嗯，那我看起來怎麼樣？」
「你不知道嗎？」

「不知道。我沒有鏡子。」
「你就像古代
史前的女人。

夠漂亮，
可作為我永遠的新娘。」

譯自詩集《黑色魔王》英文本

維奧列塔・譚切娃・茲拉特娃
Violeta Tanceva – Zlateva

　　1968年4月25日出生於馬其頓共和國斯特魯米察市柏里埃洛村（Borievo, Strumica），畢業於斯科普里語言學院南斯拉夫文學系，寫詩、散文和評論，曾獲在特拉夫尼克舉辦的「安德里克文化日」匿名短篇小說競賽第四名、1991年「格魯吉亞」獨立出版社匿名散文競賽首獎，在2015年斯特魯加（Struga）詩晚會以詩集《無夏年》獲「米拉迪諾維奇兄弟（Miladinovci Brothers）」獎。2000年加入馬其頓作家協會，現為AKT文學藝術雜誌編輯委員，也是馬其頓校對員協會會員。現任斯科普里TRI出版中心全職校對。出版有散文集《夢之書》（1992年）、《回來》（1993年）、《回到柏里埃洛途中》（1999年）；書信體兒童小

說《彩色信件》（2008年）；詩集《我的畢卡索》
（2007年，附英譯，另有馬其頓和塞爾維亞雙語版，
2008年）、《無聲的俘虜》（2010年）、《火熱》
（2011年）、《我們的故事》（2013年）、《無夏年》
（2015年）。

瘋狂
Madness

我不需要神聖符號
或是惡魔誘惑
自行屈服於瘋狂發作
我在自然狀態
異想天開
我不和咖啡閒聊
我不想機智回答辛辣評論
我不計畫後天要穿什麼衣服
但我煮菜
我是不化妝的媽媽
不穿高跟鞋去出席母姊會
我是在夏天小雨時不打傘的
普通女人
不在骯髒角落吐痰，讓上帝知道
我是什麼人就是什麼人
我不需要從春天談戀愛到秋天
也不要夏天熱到夏天快發瘋
脾氣暴躁是我的自然狀態

在海上休息時
我以自己詩意的瘋狂
游泳

暈眩
Dazed

春天煩惱已夠久
陷入我們圈套
此刻以其眼角標定
裂縫
春天由此湧出，迅速瀰漫
整個空間
隨樹枝款擺
伸展，開始醒來
春天鼓舞鴿子飛越洶洶發達河*
增加其翼幅速度
春天鼓舞蜜蜂嗡嗡超過開放市場嘈雜
櫻桃的強烈氣味令蜜蜂瘋狂
春天放縱丁香花怒放
在摩天樓天際線併吞的島嶼庭院內
春天鼓舞我們內心喜歡烹飪麵團酵母
管制我們的心
太侷限的是盆
春天不能在眼內停留

虹膜小到不合野地存在

然後春天自行鉤住我們嘴唇

開始模仿剛剛以優秀成績

通過資格考試的學生

啊，春天，真淘氣

淘氣的春天

讓我們都暈眩了

*譯註：發達河（Vardar），發源於馬其頓和阿爾
巴尼亞邊境的薩爾山脈，流經馬其頓北
部，進入希臘境內。

怎麼回事
What matters

今日何年何日有什麼關係？
失去了意義，潑掉啦
有如在夜間擁抱的物體形狀
彼此相似彷彿雙胞胎
從子宮出生到近來無性時間
我經歷幾星期幾月的翻尋
就像在轉輪抽屜內找媽媽的鈕扣
有時候我甚至寫錯年度
標示在新寫的詩上
然後我玩弄這種動作隱藏的
意義，至少根據弗洛伊德的解釋
在電視頻道上同樣的舊聞
追溯到我雙親年輕時的舊聞
戰爭衝突血腥火拼
飛機墜落汽車爆炸
被屠殺身體屬於世界青年
甚至還沒有機會咬一口夏娃蘋果
只有國名變更和一些邊界變化

其他都一樣

世界沙漠和灌輸統治慾望的心靈

在眼裡和無意識中都不耐煩的火焰

我不再試圖爭辯或證明

是誰的古老權利，那就是主張

焦土遺址泡在生命液體中

夜晚睡覺前我為世界全體受害者

和終究喪失的所有心靈，向神合掌祈禱

在時間最基本標誌的早晨

我可以標定我的孩子身高幾公分

和他們鞋子尺碼

當他們叛逆的頭部

靠在我的硬骨肩膀上休息時。

譯自Bela Gligorova英譯本

奧莉薇雅・杜切芙絲卡
Olivera Docevska

　　1975年3月5日出生於馬其頓共和國庫馬諾沃
（Kumanovo），律師、人權運動活躍人士和專家、
治安推事，國際關係與民主碩士，正義人權協會創辦
人兼會長，2012年加入馬其頓作家協會，2014年成為
協會的法規委員會召集人、國會委員會成員，馬其頓
翻譯家協會會員。著有詩集《夢的幻覺》（2011年，
馬其頓文）、《橘子》（2013年，馬其頓文）、《向
日葵》（2013年，馬其頓、塞爾維亞和克羅埃西亞、
斯洛文尼亞三語版）、《幻覺之花》（2014年，斯洛
文尼亞文）、《一瞬間》（2015年，馬其頓文）。詩
被選入《往南，往南，我看到詩》新塞爾維亞詩全景
（2013年，斯洛文尼亞文）、《太陽之子》新馬其頓

詩選（2014年，斯洛文尼亞文）、《最後沉默》當代馬其頓詩選（2016年，與艾蓮娜‧普蓮德嬌娃Elena Prendjova合集）；散文《初次飛行》（2013年，塞爾維亞-克羅埃西亞文）。榮獲2012年「布蘭科‧米里科維奇日」（Days of Branko Miljkovic）馬其頓文頌詩特別貢獻類五等獎，2013年「布蘭科‧米里科維奇日」塞爾維亞詩西奧多拉皇后一等獎，2014年「第八屆斯洛文尼亞花邊日」斯洛文尼亞詩四等獎，2015年阿爾巴尼亞「愛奧尼亞三層槳座戰船詩歌節」特別優秀獎。詩被譯成英文、西班牙文、塞爾維亞文、波斯尼亞文、斯洛文尼亞文、阿爾巴尼亞文。

無論如何
However

如果你破壞我的心
刪除凹深黑眼睛
背後的微笑，
不會停止為你祈禱……

悲傷不會除消臉上
所有大地彩虹的顏色……

髮內太陽不會損毀
像黑夜，甚至
夜會持續不安寧，長久，
長久到……沒有做夢……

不，我不會用同樣力量擔保！
在你等待太久時
這種事情不會存在……
徒然、愚蠢、沉默
一語中的……

還沒有，我會叫喊。
以字還字，以眼還眼，
他們彼此永遠不會相遇……
主泣教堂*
會變成石頭……

一切隨風而逝，
只有岸上銳利石頭、孤獨橡樹，
自傲搖動不已……
想想，還是
會迷戀明天……
雖然明天不會存在。

始終是昨天。

七崗七谷，
和明天夜晚，
會隱藏

你永遠沒有
且始終見不到的東西。

明天將是新的日子，
誰知明天會帶來什麼，
寫出什麼命運。
不久前在三月所描述，
是最亮的星辰。
用吻密封。

*譯註：主泣教堂（Tear's Chapel，拉丁名Dominus
　　　Flevit，在耶路撒冷橄欖山上。據《路加
　　　福音》第19章，耶穌走到耶路撒冷的時
　　　候，震驚於第二聖殿之美，預知將來會
　　　毀滅且猶太人將離散，當眾哭泣。

2016年1月2日
January the Second, 2016

2016年1月2日
下午1點45分。
晴朗好天氣，
有人去某地⋯⋯旅行⋯⋯

達賴喇嘛還在電視上
在我們長大、老去之際，
作為被剝奪的弱小民族
永久持續鬥爭的
訊息和象徵。

主題婚禮，在60年代
星球大戰的租借地。
有維瓦爾第沒完沒了的冬天
和支持音符，
《四季》
啟動循環
永遠持續不斷⋯⋯

不斷自行重複時間的
那七天，
從星期一開始
到星期天結束，

史特勞斯父子多瑙河
在此慶祝新年……
昨天是新年音樂會演奏日
中午有維也納愛樂交響樂團。

珍妮絲‧賈普林*，
死後經過46年大暢銷
她的靈魂和詩歌
約一百八十萬美元，

在這裡我們仍然演奏
演奏馬其頓爵士樂，高興嗎？

時間和事件
重現為無人遺忘的
價值，
而戰爭，戰爭，無處不在……
美國與白俄羅斯爭辯
從來不累，
眼前是新冷戰時代，
50年的周期循環
正如我祖父說過的……

每次新年消息似乎一樣，
幾十年來都相同……

哦，還有流行時尚，
並沒有人創造任何新樣，
遊戲已經見過，只有，
只有誕生，是唯一
可以理解到，

愛人和被愛是幸福……
不是賀新年。

是的，你會再度看到熱舞……
也有微笑，那是無比的經驗……
有時不過是自然
帶來雪懲罰或獎勵我們。

麻雀和鴿子，二者在枝上搖擺，
冰凍掃除車正在掃街，
在1月2日
握著孩子的手，微笑。

*譯註：珍妮絲・賈普林（Janis Joplin, 1943-
1970），美國歌手，在1960年代崛起，後
因吸食海洛因過量致死，躋身《滾石》
雜誌「史上百大音樂家」之列。

幻想
Illusion

我像一縷光在黑暗中出現，
還給你幻想和美夢！
黑暗說著，奪取一切
納入空無和虛假榮耀裡。

無人認識她……
日日，時時，分分，秒秒
瘋狂，冷酷，
閉上眼睛，抱著黑椰乾
不看聲音甜美的
文字之光。

像瘟疫，吃掉，
那些小孩子的美夢和幻想，
剩下的。
相對來說所剩無幾，
她說，我在這裡是要改變你們的世界……

淹沒他們、毀滅他們
利用旋風颳走、吹走。
她下達命令！
霍亂時人體發燒
可能要大約半個世紀，幾個月，
和幾天，不是以小時計。
無法評估，也不能低估。
然而，邪惡，多多少少，就是邪惡。
不要相信黑暗，不要當做光去愛
當她正來的時候。

譯自作者自譯英文本

米特科・果戈夫
Mitko Gogov

　　1983年11月11日出生於馬其頓共和國斯科普里，企業家、觀念藝術家、詩人、短篇小說家，寫俳句、川柳、連歌，偶爾發表在博客、推特，曾經由大野洋子在倫敦出版。作品迄今已被選譯刊載於多國文學藝術選集、雜誌，包含印度、巴基斯坦、菲律賓、美國、俄羅斯、西班牙、墨西哥、阿根廷、捷克、德國、塞爾維亞、克羅埃西亞、阿爾巴尼亞、保加利亞等。第一本詩集《冰水》於塞爾維亞出版（2011年），再由文化部支持出版馬其頓版（2014年）。以從事展覽、陳列、表演、景觀、短片、多媒體計畫的觀念藝術家身分，參加過馬其頓、塞爾維亞、保加利亞、法國、挪威、義大利等國家舉辦的國際團體展

覽和計畫。文化遺產「斯特魯米察環境」（Kontext–
Strumica）文化發展保護協會會長、斯特魯米察「十萬
詩人改變」國際運動節目策劃人、網際網路入口網站
strumicaonline.net創辦人兼執行長、文化和文學電子雜
誌reper.net.mk共同編輯。策劃過許多其他文化和藝術
事務，合作舉辦青年、藝術、影片、戲劇節。身為青
年訓練者，提供不同的創造力工作坊，諸如：戲劇論
壇、多媒體、設計、棍棒藝術、街頭藝術、塗鴉、在
當代藝術中使用有機和回收媒材、手工製作和社會面
向，諸如PEER與非形式教育、EVS、青年參與等。

刺激的路徑
Whetted Paths
（因為我的腳不會在其他東西上面行走）

我尋找你像乾草堆裡的針
像一架結冰的飛機
在融化的島上
我可以在那裡
放生北極熊
所以感覺有點
更安全

我尋找你就像要鏡子反光
隱藏我的年齡
像是藏在閣樓裡的自行車
為了忽視我的青春，
我尋找你就像要戳破
我們足球的鄰居那把刀
或者像漁網、魚籠，
我們沿著半乾涸的河流
帶去釣魚的袋子

我尋找你就像在找斷離風箏的
馬尼拉麻線
風箏會在無盡的藍天栽下來
我們會耐心去撿起
所以可以重新
試試

我尋找你就像要砸掉
童年幼稚日子的祕密
或像砂紙
磨掉啤酒瓶蓋
所以在我們玩
路徑遊戲時
讓瓶蓋滑落柏油路

我知道你在找東西的
路上迷路啦
你轉身

說出我的名字
就像你的承諾，或祖先被遺忘的影子
保證我的遊戲存在
為了證明沒有
我們還未跳越過的水池
那未嘗要傷害我們
也沒有人害怕
我們的存在
沒有未出生的孩子想要打破
我們未加框的家庭
鏡子

當然，七年的壞運氣
將會降臨我們頭上，
即使不是終生……

我們是人，
所以我們才會落在
這裡。

我們大家都該坐卻忘掉的三腳椅子
The Forgotten Three-Legged Chair
We Should All Sit On

過去自豪
目前不穩定
我們在未來面前顫抖

我們砍伐樹
知道你無法在
看不到標竿的山崗上
建造足球場

我們口袋裡放石頭跑上山
門窗不再吱嘎響
而背後的同樣假仙
丟棄我們就像去年存貨
他們甚至不聞一下

他們把我們散放在倉庫裡
當做銷毀、作廢證據。

真正價值是怎麼回事？

各人都（正在）負責
最近失態部門。
有一天，我會收集所有徒然飄揚的旗幟
放到洗衣機裡
需要一起清洗一番
使用同樣清潔劑和布料柔軟劑
這樣應該成為新的自由！
我們為生活團團轉如像正片長度的
無聲電影裡那風中塑膠袋。有此認知的人，
更是如此。

大人物離開，年輕人來臨
——被沖上岸的那些除外

他們會成為大人物還是被狂熱吞噬？

在大量粗糙、糊塗、無意義中，
每個人都在追求地位
可對一切討厭事務大聲叫嚷。

我們夢想成為櫻桃，然而
卻是隱藏在裡面的蟲
在風中遺留的沙漠曼陀羅就是我們
在有人邁步出聲之前
──我們則繼續自我毀滅。

譯自Aleksandar Mitovski英譯本

德拉佳娜・艾維蒂摩娃
Dragana Evtimova

    1984年3月13日出生於馬其頓共和國斯科普里，畢業於斯科普里聖基里爾麥托迪大學（Ss Cyril and Methodius University）Blaze Koneski語言學院馬其頓文學和斯拉夫文學系，專攻語言學，以及盧比安納大學哲學學院斯洛文尼亞語文學系，專攻翻譯。出版詩集有《動態學之存在》（2005年）、《我在別地某處》（2011年）、《記憶的腳註》（2014年），第一部馬其頓文書信體小說《再見，E》（2017年）。並以馬其頓文字翻譯出版斯洛文尼亞文學作品。

記憶的腳註（摘）
Footnotes from memory (Excerpt)

***

有時
我們同樣紡紗

有時
要拆紗
脫開且鋪展

有時
接近和遠離
存在和不存在
只不過是拆紗和紡紗之別。

***

牆壁上開一扇門
進入另一維度。

***

我的影子
多麼不幸呀。

當做我的生活伴侶
去
旅行。

***

疲於
假裝觀看
空空啤酒瓶
不誠實的文字
虛偽
擁擠的餐廳

疲於城市
永無終端的街道
不管多窄

疲於
貧窮
現實
未來
漠不關心

我們疲於
空虛。

壽命用途有限
Limited Use Life

人們圍繞四周空間，
矗立牆壁和圍欄，
發明邊界，
而壽命用途有限。

有些日子
舊時鐘滴答我們壽命
掛在牆壁上
向上提升。

有些日子
痛苦轉變成悲傷，
悲傷變成孤獨。
在文字剩下空白時
只有保留沉默。

有些日子
古色古香的手稿，

躺在布滿灰塵的圖書館。
在那些字裡行間，
找不到句點。

有些日子
我們心靈的噪音
比白天的沉默更吵。
人群的爭論和喧鬧是
在其有限電池壽命裡
滴答響的
時鐘。

有些孤獨的眼睛
尋求庇護處
而昏沉的臉孔
不時睡在夜車上。

所有副作用
發生在幾分之一毫秒內。

有些日子我們孤獨
我們家在遙遠的地方。
那些都是用途有限的日子。

人們只找到他們夢想的時間
People only find time for their dreams

有人突然接近我們
從容半開我們心靈的門。

我們離開
回來
再度離開
離開幾次就到達幾次。

離開
到達
再度離開
正好同樣多次到達。

譯自Marija Dzonova英譯本

達科・萊索斯基
Darko Leshoski

　　1984年7月4日出生於馬其頓共和國韋夫查尼區（Vevcani），畢業於斯科普里Blaze Koneski語言學院通用和比較文學系，另進修美國文化研究，生活和工作都在斯科普里，其職業為通訊和公關領域。著作有《壞家庭的孩子》（2013年）、《太陽的孩子們》（當代馬其頓詩選，2014年）等。翻譯英文、德文、斯洛文尼亞文及其他文字，是目前馬其頓詩壇年輕世代最廣受讀者歡迎的作者，最鼓舞讀詩的獨特現象是，臉書粉絲超過25,000之眾，每首詩點閱在1000人以上。

注視愛人到忘記自己的臉！
Stare at love until you forget your own face!

　　我的祖父患有阿茲海默症，從他的抽屜掉出一張
他和我祖母的照片，年輕時在某個地方拍攝的。

　　我彎腰，撿起來讓他放回去。

　　他接過去，撕了。

　　孩子，這個人是誰？──他說。

　　您呀！──我笑著告訴他。

　　「您呀⋯⋯」──我低聲重複，看著他的臉。

　　他沒有問起我祖母。

　　顯然知道她是誰。他從來沒有忘記過她。

在你成長中學習
As you grow you learn

你學習……

學習你需要告訴她為什麼愛她，而不是說你多麼愛她。

在你成長中學習看她的眼睛，該說的一切，一個字都不講。

在你成長中你要確實知道為什麼別人都不會這樣。

在你成長中學會為什麼和她在一起，所有希望都會成真。

你困惑了。

但平靜。

沒有魔法或奇蹟，萬事必然如此。

你微笑了。

你在她身邊時，腦裡只想到她，她不在你身邊時，你也不知不覺微笑。

在街上聽見叫她名字時，你笑了，即使她是與成千上萬的人分享。

在你成長中學習。

應該學會去愛。

達科・萊索斯基　109

世界上最美妙的香水
The most wonderful perfume
in the world

我們寬恕那些喜愛以同樣習慣方式製造香水的人。

我們用香水裝飾我們的寬恕。

香水，使他們的心靈比我們爛掉的更好聞。

程序如下：

把你的心放在手掌上帶露的紅玫瑰，加以揉碎。

用盡全力揉碎。

玫瑰枯了，死了。

但有油滲出。

幾滴油，再用淚水稀釋。

30，50，100毫升，120……就看你有多少。

以微笑對待。

據說中國古代某天下雨，一位年輕和尚巧遇乘轎
的公主。

宮娥要求他幫助抬轎過湍流，一滴水都不可沾到
公主。

他應允幫忙。

此時，他透過布幔，透過遮蓋轎輿的窗簾一瞥。

他看見公主。對她微笑。

公主也看見他。報以微笑。

宮娥向他道謝，以一枚金幣相贈。

和尚回到遠方寺廟，年老時，臉上皺紋像床單。

某天，他再度出發，來到為公主抬轎的地方。

他吞下金幣，同行的小和尚阻止不及。他保存硬幣，沒告訴過任何人。

老和尚窒息時，小和尚喊叫，你在幹什麼呀？

老和尚咽下最後一口氣時，小和尚喊叫，你在幹什麼呀？！

老和尚對小和尚說我來解脫自己，帶回公主，我在這地點還沒有把她放下。

而是揹在我的肩上。

自從看過她，我一生都把她揹在這肩上。

在我心裡。

在我這心靈內。

據說這地方還在，氣味馥郁，即使路髒，四周沒有任何香樹或花卉。

據說和尚的心靈住在哪裡，那裡就氣味芬芳。

我們寬恕所愛的人，好像在製造香水。

這也就是我們怎麼死的，但這不是最可怕的死亡。

我們一旦解脫自己，就死了。

有困難。

滿心痛苦。

如果我們成功。

如果我們知道在哪裡和如何做。

如果我們幸運

據說這是世界上最美妙的香水。

當一個人心靈自我解脫。

據說耶穌釘在十字架時，抹大拉的馬利亞聞到過。

據說亞當和夏娃被逐出天堂時，大天使加百列在
夏娃的獅子皮衣下密藏一小瓶這樣的香水。

據說她晚上發現了，聞後閉眼，就此安息，不
用神。

總之，神從來不為我們來到此地。

譯自Igor Stefanovski英譯本

馬莉娜・米雅科芙絲卡
Marina Mijakovska

　　1984年7月8日出生於馬其頓共和國斯科普里，詩人、散文作家、小說家、文學評論家，獲哲學碩士學位，現任職於斯科普里聖克萊門特奧赫里德（St. Kliment Ohridski）大學圖書館。

　　出版七本書，包括《游牧心靈》（2010年）和《手提箱》（2013年），部分詩作和短篇小說發表於選集和期刊，被譯成英文、塞爾維亞文、克羅埃西亞文、阿爾巴尼亞文、羅馬尼亞文、捷克文等。2013年成為馬其頓作家協會會員。

舊手提箱
Old suitcase

我盛裝打扮
成老人
的
皮膚。
乾燥、衰老且灰暗。

我燒掉歲月，
吞下山脈，
失去
過去完成式動詞。

我盛裝打扮
成老人
的
心靈。
百年、熱情和藍調。

我淡淡笑著，
潦潦草草脫衣服，
躺著傾聽：
血跡之子樂團*
大孩子和世紀，
回憶和千禧年⋯⋯

*譯註：以下均為樂團名稱。

手提箱
Suitcases

我被塞進一些雜物：
照相機、口香糖，
墨水和筆記本。
紅帽子
和紅色芭蕾舞鞋，
口袋裝滿回憶，
公園的照片，
漁人堡*和
馬加什教堂**的紀念品。
導覽書，
紅色山羊絨的
緊身牛仔褲和夾克。

我被塞進慾望：
公里數，
新街道，
壞車輪，
灰塵

的
一層
新記憶。

我是一盒祕密！
滾動我
以記憶
豐富
你的心靈！

　　　　*譯註：漁人堡（Fisherman's Bastion），位於匈牙
　　　　　　　利首都布達佩斯城堡山，鄰近馬加什教
　　　　　　　堂，修建於1895年到1902年之間。
　　　　**譯註：馬加什教堂（Matija Korovin's church），
　　　　　　　匈牙利首都布達佩斯的聖母教堂，最初
　　　　　　　建於1015年，歷代國王在此加冕，亦稱加
　　　　　　　冕教堂。

游牧民
Nomad

我是一個符號。

未完成──未定義──不可預測。

我在空間內標誌之間活動。

我的感覺遲鈍！

分散掉我的意思：

我是你

你是我

我是一切無所不在。

女性海洋
Female Ocean

在文字
的
熱水中
我的心靈
沐浴，
無聲說話！
鑰匙被卡在鑰匙孔中不動。
小心！
此女性身體的哭泣
無感覺和野性
拒絕保持沉默無言。

權力
Power

我是中心，你是外圍！
切圓！
何處是邊界？

你是誰，我是誰？

骨牌效應！

我把你扣
在
毒性
語言的
圈內！

女性氣質
Feminity

說到我的流動。
我應該藏在哪裡？
我是一具思慕的棺材！？

我是他者！
不多於
不少於
我！

我以無聲
激動狂熱地笑。

我把筆咬緊在牙齒之間！
我打破軍區總督骨頭！

譯自作者英譯本

艾蓮娜·普蓮德嬌娃
Elena Prendjova

　　1985年出生於馬其頓共和國斯科普里，語言學學士、第二種語言教學碩士，詩人、詩歌擂台賽表演者、散文作家、詩翻譯家。現任斯科普里一家私立大學英語比較文學教師。在馬其頓出版六本詩集，編輯三本選集。

一首政治正確的詩
A politically correct poem

我出賣
我的靈魂
給身體化妝品

店員
（應是政治正確）
為我提供四種基本顏色的內衣：
性愛前後穿黑色
日常穿白色
與膚色無差別，
穿在透明薄亞麻布上衣下方
少女般粉紅色

我拒絕穿粉紅色內褲，
那是性別歧視，
我拒絕穿膚色胸罩，
那是種族主義，
黑色和白色不算顏色

我自己的皮膚最適合我
即使皮膚脫落

女權主義
Feminism

我受處私刑當天不在場
我要自己和他們起立
我要死亡起立
此刻無人願意看著我
我是壞女人
沒有讓他們進行宣判

如今我自己在遊蕩
在我心裡的群眾當中
尋找我自己
甚至在宣布我死亡之後
我還是活生生
就社會觀點
這是痛苦的話題
死亡不過是簽署的一張紙
錯放在檔案館的地窖
一次調稅的機會
用於文盲就業

靈魂活到眼淚造成痛苦
我們總會死
只要有別人記住
人們一旦被人忘記就不再存在
只有重力記住我們存在
負荷我們在地球上
步驟的沉重
最受歡迎的人物
是基因改造技術人才
貧瘠到足夠不孕
肥沃到足夠
付款嘗試失敗的人工受孕
這都是現代的時代
實驗已經退出實驗室
至今一切都發生在街頭
無論現實表演或現場錄音
無論國內並排
或不當停放的汽車

無論沒有父母的孩子
或有父母的孩子
無論失去的孩子或找到的父母
無論流浪狗或寵物
加以柏油混凝土鞏固
防止他們接觸到
在地球上步伐的重量

女權主義
不是有沉重步驟的行動
女權主義
是根本沒有步驟的行動

當你有時間思考生命時，
只有很少時間去生活
When you have the time to contemplate life, you have the least time to live it
給祖母

我祖母往生後

公寓就開始損壞

北側不斷寒凍

菩提樹有氣體味道

水變黃

天花掉下來了

地毯腐爛

座椅只剩下椅腳

空氣有濃厚的酸味

夏天是只有

壁毯上的夏天

我祖母往生後

我們也瓦解了

媽媽煮一種湯
和唯一的自製餡餅
留下來品嚐的是
沃斯卡阿姨
在我們家
蘭根粉一再過期
我們進餐不加
同樣佐料
我吃的餅乾
不沾他人的咖啡
我在不同的夜裡
不換床

花瓶裡
不再有紫丁香花
電視不再打開
我忘記
黃金時段新聞廣播

自家的鎖
我經常用錯鑰匙

之所以如此
因為物體也有靈魂
人們失去親人
也就失魂

譯自作者自譯，經Aneta Naumoska校對之英文本

關於譯者

　　李魁賢，1937年生，1953年開始發表詩作，曾任台灣筆會會長，國家文化藝術基金會董事長。現任世界詩人運動組織（Movimiento Poetas del Mundo）副會長。詩被譯成各種語文在日本、韓國、加拿大、紐西蘭、荷蘭、南斯拉夫、羅馬尼亞、印度、希臘、美國、西班牙、巴西、蒙古、俄羅斯、古巴、智利、尼加拉瓜、孟加拉、馬其頓、土耳其、波蘭等國發表。

　　出版著作包括《李魁賢詩集》全6冊、《李魁賢文集》全10冊、《李魁賢譯詩集》全8冊、翻譯《歐洲經典詩選》全25冊、《名流詩叢》25冊、《人生拼圖──李魁賢回憶錄》，及其他共二百本。英譯詩集有《愛是我的信仰》、《溫柔的美感》、《島與島之

間》、《黃昏時刻》和《存在或不存在》。《黃昏時刻》共有英文、蒙古文、羅馬尼亞文、俄文、西班牙文、法文、韓文、孟加拉文、阿爾巴尼亞文和土耳其文譯本。

　　曾獲韓國亞洲詩人貢獻獎、榮後台灣詩獎、賴和文學獎、行政院文化獎、印度麥氏學會詩人獎、吳三連獎新詩獎、台灣新文學貢獻獎、蒙古文化基金會文化名人獎牌和詩人獎章、蒙古建國八百週年成吉思汗金牌、成吉思汗大學金質獎章和蒙古作家聯盟推廣蒙古文學貢獻獎、真理大學台灣文學家牛津獎、韓國高麗文學獎、孟加拉卡塔克文學獎、馬其頓奈姆·弗拉舍里文學獎。

語言文學類　PG1801　名流詩叢25

遠至西方──馬其頓當代詩選
Far Away To The West──Anthology
of Contemporary Macedonian poetry

編　　著/奧莉薇雅・杜切芙絲卡（Olivera Docevska）
譯　　者/李魁賢（Lee Kuei-shien）
責任編輯/林昕平
圖文排版/莊皓云
封面設計/蔡瑋筠

發 行 人/宋政坤
法律顧問/毛國樑　律師
出版發行/秀威資訊科技股份有限公司
　　　　　114台北市內湖區瑞光路76巷65號1樓
　　　　　電話：+886-2-2796-3638　傳真：+886-2-2796-1377
　　　　　http://www.showwe.com.tw
劃撥帳號/19563868　戶名：秀威資訊科技股份有限公司
　　　　　讀者服務信箱：service@showwe.com.tw
展售門市/國家書店（松江門市）
　　　　　104台北市中山區松江路209號1樓
　　　　　電話：+886-2-2518-0207　傳真：+886-2-2518-0778
網路訂購/秀威網路書店：http://www.bodbooks.com.tw
　　　　　國家網路書店：http://www.govbooks.com.tw

2017年6月　BOD一版
定價：200元
版權所有　翻印必究
本書如有缺頁、破損或裝訂錯誤，請寄回更換

國家圖書館出版品預行編目

遠至西方——馬其頓當代詩選 / 奧莉薇雅.杜切芙絲卡
  (Olivera Docevska)編著 ; 李魁賢(Lee Kuei-shien)譯.
  -- 一版. -- 臺北市 : 秀威資訊科技, 2017.06
    面 ;   公分. -- (語言文學類 ; PG1801)(名流
詩叢 ; 25)
  BOD版
  譯自 : Far away to the west —— anthology of
contemporary macedonian poetry
  ISBN 978-986-326-436-1(平裝)

883.3451   106007982

讀 者 回 函 卡

感謝您購買本書,為提升服務品質,請填妥以下資料,將讀者回函卡直接寄
回或傳真本公司,收到您的寶貴意見後,我們會收藏記錄及檢討,謝謝!
如您需要了解本公司最新出版書目、購書優惠或企劃活動,歡迎您上網查詢
或下載相關資料:http:// www.showwe.com.tw

您購買的書名:_____

出生日期:_____年_____月_____日

學歷:□高中 (含) 以下   □大專   □研究所 (含) 以上

職業:□製造業 □金融業 □資訊業 □軍警 □傳播業 □自由業
　　　□服務業 □公務員 □教職 □學生 □家管 □其它____

購書地點:□網路書店 □實體書店 □書展 □郵購 □贈閱 □其他

您從何得知本書的消息?

　□網路書店 □實體書店 □網路搜尋 □電子報 □書訊 □雜誌

　□傳播媒體 □親友推薦 □網站推薦 □部落格 □其他_____

您對本書的評價:(請填代號 1.非常滿意 2.滿意 3.尚可 4.再改進)

　封面設計____ 版面編排____ 內容____ 文/譯筆____ 價格____

讀完書後您覺得:

　□很有收穫 □有收穫 □收穫不多 □沒收穫

對我們的建議:_____

_____

_____

_____

11466
台北市內湖區瑞光路 76 巷 65 號 1 樓

秀威資訊科技股份有限公司　　　收

BOD 數位出版事業部

....

（請沿線對折寄回，謝謝！）

姓　　名：＿＿＿＿＿＿＿＿＿　年齡：＿＿＿＿　性別：□女　□男

郵遞區號：□□□□□

地　　址：＿＿＿＿＿＿＿＿＿＿＿＿＿＿＿＿＿＿＿＿＿＿

聯絡電話：(日) ＿＿＿＿＿＿＿＿＿　(夜) ＿＿＿＿＿＿＿＿＿

E-mail：＿＿＿＿＿＿＿＿＿＿＿＿＿＿＿＿＿＿＿＿